KB203826

그대 땅끝에 오시려거든

그대 땅끝에 오시려거든
일상의 남루 죄다 벗어버리고
빈 몸 빈 마음으로 오시게나
행여 시간에 쫓기더라도 지름길일랑 찾지 말고
그저 서해로 기우는 저문 해를 이정표 삼아
산다랑치 논에 소를 몰 듯 그렇게 고삐를 늦추고 오시게나
갓길에 핀 쑥부쟁이 구절초 원추리 개미취 같은

ⓒ박흥남, 송지면 송종리 앞바다

들꽃들의 이름을 불러내 수인사라도 나누게나
오는 길에 혹, 화산花山 어디쯤
물 맑은 둔벙에서 길 잃은 해오라기를 만나거든
지난봄에 떠난 청둥오리 가족들의 안부를 물어도 좋으리
마음이 몸보다 먼저 지쳐오는 달마산 기슭에 이르거든
잠시 발길을 멈추고 거기 참선 중인 달마達磨를 보시게나
미황사에 들러 눈 맑은 스님에게 차 한 잔 얻어 마시고

내친김에 부도전 오솔길을 맨발로 걸어도 좋으리
그러나 조개잡이 한창인 엄남포나 중리 어름에서
성마른 바다가 먼저 마중 나와
푸른 허벅지 드러내놓고 유혹의 눈빛을 보내더라도
행여 발길 멈춰 수작 부리지는 말고 눈인사만 나누시게나
누구나 땅끝에 오실 때는
세월의 옹이며 마음의 상처 하나쯤은 보듬고 오겠지만
그렇다고 외로움에 지친 장구도나 어룡도에게 먼저 속마음 내비치지는 마시게

©박흥남, 송지면 중리 중도

땅끝, 사자봉에 올라 앞 단추 두어 개쯤 풀어놓고
그리운 이의 이름을 마음껏 불러 보기 전까지는
그대는 아직 땅끝에 이르지 못한 것.
비로소 그대가 땅끝 전망대에 올라
가슴속 어딘가에 추억처럼 피어 있는 동백꽃 한 송이 꺾어 들고
그리운 이의 이름을 불러 보시게나
그럼 아마도, 고향의 늙은 어머니처럼 버선발로 마중 나온 바다가
그대의 지친 발목을 어루만지며
푸른 치마폭으로 그대를 안아 주리니
그 속 깊은 어머니의 품에 안겨 그대는 목 놓아 울어도 좋으리
눈시울 붉어지는 물마루 너머로 가뭇없이 사라지는 저문 해를 보아도 좋으리

©고금열, 생활 일몰

세 개의 눈으로 보는 땅끝 해남

그대 땅끝에 오시려거든

마음은 정처 없고 생은 비루한
초로初老의 쓸쓸한 가을날
평생을 신발의 행자로 살아온
남루한 내 詩를 데리고
그대에게 갑니다

먼 그대여!
돌아보면 막막하고 아득한 날들
달마의 슬하에서 하염없이 바라보던
저 땅끝 바다의 노을이며
오체투지로 걷고 걸어도 미망迷妄의 끝이 보이지 않던
달마고도의 너덜겅이며
사구미 모래 언덕에서 낮밤 없이 듣고 들었던
그 검푸른 파도의 노래들이
여기 초라한 종이 바랑 속에 들어 있으니,

남세스럽지만
그대 땅끝에 오시려거든
눈目과 마음과 렌즈
이 세 개의 눈과 함께
어설픈 이 행자의 노래를 챙겨 오세요

2024년 가을, 달마의 슬하에서

김경윤

차례

©김경윤. 미황사

제1부

신발에 대한 경배

©김경윤

신발에 대한 경배

신발장 위에 낡은 신발들이 누워 있다
탁발승처럼 세상 곳곳을 찾아다니느라
창이 닳고 코가 터진 신발들은 나의 부처다
세상의 낮고 누추한 바닥을 오체투지로
걸어온
저 신발들의 행장行狀을 생각하며, 나는
촛불도 향도 없는 신발의 제단 앞에서
아침저녁으로 신발에게 경배한다
신발이 끌고 다닌 수많은 길과
그 길 위에 새겼을 신발의 자취들은
내가 평생 읽어야 할 경전이다

나를 가르친 저 낡은 신발들이 바로
갈라진 어머니의 발바닥이고
주름진 아버지의 손바닥이다
이 세상에 와서 한평생을
누군가의 바닥으로 살아온 신발들
그 거룩한 생애에 경배하는
나는 신발의 행자行者다

© 김경우, 미황사 세심당

숲으로 가는 가을 저녁

나무들에게 가고 싶어서
속살 깊이 침묵의 나이테를 키우는
나무들에게 기대고 싶어서

한지에 먹물 번지듯
어둠이 산 아래 마을로 번져오는
이 가을 저녁, 나는
침묵 하나 거느리고 억새밭을 지나
뒷산 가시나무숲을 오른다

적막한 숲속에서
허공에 파문을 내며 날아오르는 갈까마귀 떼들
꽃치자빛 노을 속으로 가뭇없이 사라진
서편 하늘이 일순 먹먹하다

서늘한 초저녁 별들이 안부를 묻는
숲으로 가는 이 가을 저녁
저 산 아래 마을에선 또 누가 이 세상을 떴는지
마을 초입에 걸린 조등弔燈 하나 꽃처럼 붉다

어둠이 나를 지울 때까지

ⓒ민경. 해남읍 노을

나무들의 침묵에 기대어 이승의 길을 묻는
나의 말은 아직 너무도 서툴고

©고금렬, 대흥사

공재* 화첩 1
– 우후산수도

봄꽃들 다녀간 뜰에 우기가 들면서
마음이 웃자란 지란芝蘭처럼 어지럽더니
오늘은 사나흘 내리던 비 그치고
갠 하늘이 화선지처럼 맑다
오랜만에 녹우당綠雨堂 뒷길에 들어
비자나무숲길 홀로 걷는다
잎새에 이는 바람 소리 쫘아쫘아
소낙비 쏟아지듯 몰려온다
볕 좋은 툇마루에서 누가 먹을 갈고 있는지
풀 비린내 묵향처럼 그윽하다
무덤풀 우북한 숲길 헤치고
추원당에 들러 고개 조아리는데
고적한 뜰에 백일홍만 홀로 붉었다
문설주에 기대어 먼 산 바라보니
빈 하늘 건너는 새 한 마리
창호에 꽃잎 그림자 물드는가 싶더니
어느새 저녁 어스름이 수묵처럼 번진다

* 공재(恭齋) 윤두서(尹斗緖, 1668~1715)는 17세기 말에서 18세기 초에 활약한 대표적인 선비 화가로 고산(孤山)의 증손이자 다산 정약용의 외증조부이다. 시서화 음악 공예 등 다방면에 능통했고 지리 천문 수학 등 폭넓은 학식을 지닌 실학자였다.

22

©박흥남, 녹우당

©박흥남, 녹우당 비자나무숲

ⓒ김경윤, 미황사 부도암

나무에도 길이 있다

겨울 한낮 산사의 적요를 깨고 텅 텅 산이 울었다
놀라 뒷마당에 나가 보니
이제 막 출가한 행자가 장작을 패고 있었다
마른 장작에 도끼날이 박힐 때마다
나무의 흰 살점들이 튕겨나가고
그때마다 산도 진저리를 치며 울었다
마침 그 자리를 지나가던 늙은 공양주보살이
이마에 땀방울 송알송알 맺힌 행자가 안쓰러웠던지
"장작은 힘으로 패는 게 아니라 나무의 길을 찾아서 패야 하는 법이여!"
선사禪師처럼 빙긋이 웃고는 도끼를 들어 내리치니
젊은 행자가 진땀 쏟아도 잘 갈라지지 않던 장작들이
공양주보살의 가벼운 도끼날에도 쩍쩍 갈라졌다
며칠이 지난 후 다시 뒷마당에 가 보았더니
그날 한참 동안 말없이 서 있던 행자가
공양주보살의 말씀 마음에 새겼는지
반듯하게 갈라진 장작들이 차곡차곡 쌓여 있었다
경전처럼 쌓아둔 그 장작더미 곁에서, 나도
그 말씀, 소리 없이 몇 번인가 되뇌어 보았다
나무에도 길이 있다!

달마에 들다

사나흘 눈 속에 묶여 적막한 산방에 누웠으나
마냥 꿈이 들끓어 오늘은
산문山門을 밀치고 달마에 들었다
산발치에서 바라보면 아름답던 산도
그 안에 들면 무수한 상처의 길을 품고 있다
푸른 산죽들이 죽비 들어 등짝을 후려치는 눈길 위에
달마는 또 무슨 화두를 던지는지
마음의 상처를 들쑤시는 활엽의 날카로운 잎들
동안거에 든 나목裸木의 혼을 깨운다
길은 자꾸 벼랑 앞에서 꼬부라지고
젖은 등덜미에 파고드는 회한의 찬바람들은
가파른 능선을 따라 또 어디로 가는지
하늘의 운판雲版을 힘겹게 밀어 올리고 있다
불썬봉에 올라 석경石經 한 장 들고 돌아보니
벼랑 끝에 길이 있고 길 끝이 화엄이다
화엄의 바다에서 피어난 연꽃 한 송이
가슴에 안고 내려오는 하산길
마음이 발길보다 먼저 허둥댄다
누가, 하늘에 법고法鼓를 매달아두었을까
무명無明의 숲 사이로 미황사의 불빛이 밝다

달마와 보낸 달포

마음의 폐허를 안고 달마에 들었다
편자도 없이 달려온 말馬처럼
불혹을 넘긴 뼈마디에 돌 구르는 소리가 들렸다
깨어 있음이야말로 삶으로 가는 길이기에*
불면의 밤은 길고 갈 길은 아득한데
달마에게 길을 물어도 달마는 묵묵부답 말이 없었다
낮에는 달마의 숨소리 같은 바람 소리
밤이면 달마의 눈빛 같은 별빛만 바라보았다
새벽마다 나무껍질을 쪼는 딱따구리처럼
마음의 문을 두드리는 새벽 목탁 소리
소스라치듯 몸이 먼저 깨어 문바위에 올랐다
지천명의 문턱에서 온몸으로 바람의 경經을 들었다
동백꽃 붉은 미소에 동박새 날아들 듯
한 그루 나무로 서서 침묵의 시를 쓰고 싶었다
산 그림자 어슴푸레 깔리는 저물 무렵
달마전 문설주에 기대어 바라보면
긴 노역을 끝내고 돌아가는 저녁 해의 잔광殘光들
시간의 무늬처럼 수묵水墨으로 번지는 어스름 속에서
달마는 천지간에 적막으로 충만하였다
동안거에 든 나목들이 묵언수행하는 밤이면
세심당洗心堂에 누운 나는 마음 한 자락 씻지도 못하고

그저 밤새도록 그리운 누군가를 호명하는 목쉰 바람 소리
달마가 옆구리에 끼고 자던 동백꽃 그 미소를
가슴에 음각으로 새겨두고 오래 잠들지 못했다

* 『법구경』 중에서

©고금렬, 미황사

느티나무 부처

천년의 그늘을 거느리고 사는
만일암 옛터 느티나무는 천수관음千手觀音을 닮았다
먼 옛날 해를 매달았다는 이 절의 슬픈 전설을
제 몸 안에 침묵의 나이테로 새겨두고
올봄도 수천 개의 손을 내밀고 있다
세월이 할퀴고 간 무수한 상처를 안고도
저렇게 천연덕스럽게 바람의 경經을 읽고 있다니,
태풍이 앗아간 절간 하나 몸 안에 들여놓고
수천 페이지의 초록 경전을 펼쳐놓았다
속살에 새겨진 시간의 주름살 차마 펼쳐볼 수 없지만
하늘을 날다 지친 새들이나 숲속에 뛰놀던 짐승들이
천년 동안이나 그의 그늘로 찾아왔으리라 생각하니,
그를 느티나무 부처라고 불러도 좋겠다
대숲에 바람 소리 새소리만 가득한 폐사지
오층석탑 하나 오롯한 적멸보궁에서
관음보살처럼 수천 개의 손을 가진 느티나무가
노을에 비낀 잎사귀마다 찬란한 연꽃을 피우고 있다

©김총수, 대흥사 만일암 천년수

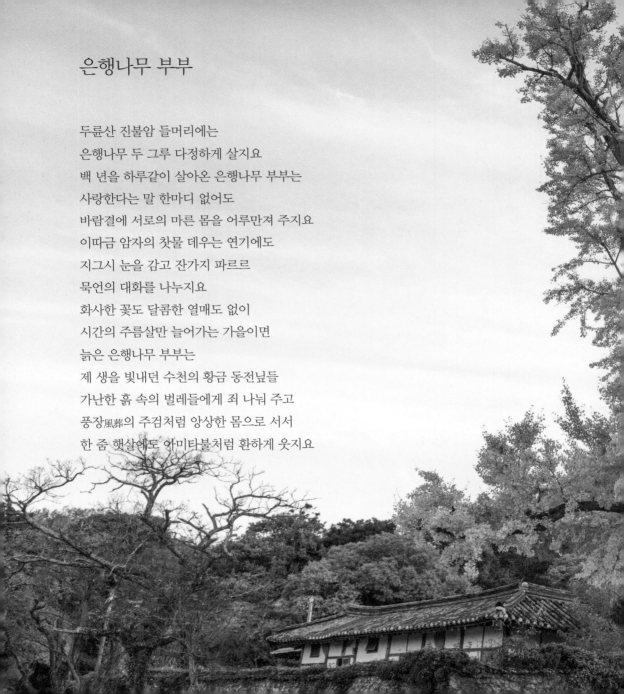

은행나무 부부

두륜산 진불암 들머리에는
은행나무 두 그루 다정하게 살지요
백 년을 하루같이 살아온 은행나무 부부는
사랑한다는 말 한마디 없어도
바람결에 서로의 마른 몸을 어루만져 주지요
이따금 암자의 찻물 데우는 연기에도
지그시 눈을 감고 잔가지 파르르
묵언의 대화를 나누지요
화사한 꽃도 달콤한 열매도 없이
시간의 주름살만 늘어가는 가을이면
늙은 은행나무 부부는
제 생을 빛내던 수천의 황금 동전닢들
가난한 흙 속의 벌레들에게 죄 나눠 주고
풍장風葬의 주검처럼 앙상한 몸으로 서서
한 줌 햇살에도 아미타불처럼 환하게 웃지요

©고금럴 녹우당 은행나무

봄 저녁, 적송밭 언덕에 앉아

– 고정희 시인의 묘소에서

늦은 봄 다저녁 무렵
무덤가 적송밭 언덕에 앉아
외로움에 둘러싸인 무덤을 바라보네
내 안의 단단한 빗장을 풀고
외로움 하나 그 곁에 내려놓네
상처 자국마다 분홍 꽃잎을 달아 주는 황혼의 따스한 손길이[*]
웅크린 내 등을 어루만져 주네
늦골 사이로 뜨겁게 흘러가는 도랑물 소리
그 물소릴 다독이며 그리운 이름 말없이 불러보네
어디선가 늙은 저녁 바람이 어머니처럼 달려 나와
무덤 위의 푸른 잔디를 쓰다듬어 주네
노을에 비낀 소나무 그림자도 느릿느릿 적송밭에서 내려와
고적한 무덤을 껴안아 주네
저만치서 눈시울 붉히고 섰던 꼴꼬시나무도
보랏빛 꽃잎들 파르르 떨구고 있네
무덤가 작은 호수에서 묵상에 잠겨 있던 해오라기 한 마리
서천西天에 황금빛 여백을 걸어두고 가뭇없이 사라진
봄 저녁, 적송밭 언덕에서 앉아
내 안에 오래 묵은 울음들
초저녁 별빛으로 걸어두었네

* 고정희의 시 「외경읽기–성곽에 둘러싸인 외로움 건드리기 혹은 부활」 중에서

©고금렬, 고정희 묘소

©김경윤. 김남주 생가

빈방

사무치는 마음 달랠 길 없는 날이면
봉학리 남주 형 집에 간다
덕종이 형은 또 어느 집회에 갔는지
빈집처럼 고적한 마당귀에 쑥부쟁이만 우북하다
그늘 깊은 뒤란에는
살아생전 시인의 죽창이 되고
서슬 푸른 칼날이 되었던 청대나무가
여즉도 푸른 날을 세우고 있다
한때 군불을 지피며 하이네와 네루다를 읽었다던
곰팡내 나는 빈방
늙은 촌부의 축 처진 뱃가죽처럼
너덜거리는 흙벽과 마주 앉아
청송녹죽青松綠竹 가슴에 꽂히는*
옛 노래 홀로 불러 본다
어두운 골방에서 제 핏줄 같은 실을 뽑아
집을 짓는 거미처럼 혼신의 노래를 부르던
순결한 그 사내들은 다 어디로 갔을까
거미줄만 얼기설기한 빈방에 앉아
바라보면 저 멀리 갈맷빛 능선 위에
시인의 눈빛 같은 푸른 별 하나
오롯이 빛나고 있다

* 김남주 시인의 시 「노래」 중에서

새 떼에 홀리다

저문 강물을 박차고 새 떼가 날아오른다
노을에 비낀 붉은 새 떼가 깃발처럼 펄럭인다
숨죽이며 바라보는 저 깃발춤, 황홀하다
한때는 우리도 대오隊伍를 이루며
비상하는 저 새 떼처럼
어둠을 향해 솟구치던 날들이 있었다
황홀한 맹목盲目의 시절이었다
공중에 투망을 던지듯
새까맣게 날갯짓하는 새 떼의 군무群舞, 아름답다
길 없는 허공의 길을 향해
끼룩끼룩 날아가는 저 새들의 길, 거침없다
몸도 마음도 새 떼에 홀려
오도카니 바라보는 한순간
대오를 이룬 새 떼들이 나를 뚫고 지나간다
대오각성大悟覺醒하라는 화두를 던지듯
후두둑 쏟아지는 찬 물방울들이 이마를 친다

©박흥남, 고천암 가창오리 군무

©박홍남. 고천암 가창오리

©민경. 미황사

©민경. 미황사 동백

바람의 사원
– 미황사 시편 1

영혼의 행려자들이 머물다 가는 이 사원에 들어 한 달포 머물러도 좋으리 남루를 끌고온 오랜 노독을 풀고 고단한 일상의 구두를 벗어도 좋으리 바람의 거처에 가부좌를 틀고 사무치는 날이면 바람과 달빛이 다녀간 대웅전 기둥에 기대어 바람의 손가락이 남기고 간 지문을 읽듯 뼛속에 새겨진 비루한 생을 더듬어도 좋으리 주춧돌에 핀 연꽃 향기가 그리운 밤이면 사자포에서 기어온 어린 게에게 길을 묻고 새벽녘엔 흰 고무신 헐렁한 발자국들 따라 숲길에 들어 밤새 숲이 흘린 푸른 피를 마셔도 좋으리 눈발이라도 다녀간 날이면 동백숲 아래서 푸른 하늘 길로 한 생을 떠메고 가는 동박새의 붉은 울음소리를 들어도 좋으리 새들이 날아간 자리마다 제 그림자를 무릎 밑에 묶어놓고 참선에 든 나무들처럼 그대 나무 그늘에 펼쳐놓은 바람의 경전을 눈 시리게 읽어도 좋으리 살아온 세월만큼 범어가 새겨진 그대의 몸은 어느새 바람의 사원이 되리니 바람의 사원에 들어 달마의 이마를 치는 낭랑한 목탁 소리를 들어도 좋으리

저녁 종소리
– 미황사 시편 2

해가 기울고 나무들의 그림자가 제 몸을 빠져나가는 저녁입니다 어둠 속으로 저벅저벅 걸어 들어가는 나무들이 바람을 부릅니다 바람은 제 안의 오랜 상처를 서쪽하늘에 풀어놓습니다 하늘 끝까지 낭자한 바람의 혈흔이 수평선에 번집니다 향적당 툇마루에 오도카니 앉아 해인海印을 찾아가는 바람의 울음소리, 어느덧 어둠의 빗장을 여는 저녁 종소리가 숲을 흔듭니다 나무들은 묵언의 경배를 올리고 범종은 살을 찢어 소리를 만듭니다 어둑한 상처에 기대어 종소리를 듣는 저녁, 항아리같이 텅 빈 몸속으로 소리가 쌓입니다 저녁 종소리가 무쇠 같은 어둠을 이마로 들이받을 때마다 어둠의 상처에서 별이 뜹니다 마음은 종소리를 따라 자꾸 산 아래 마을로 달려갑니다 종소리를 따라나선 마음은 이내 돌아오지 않고 별빛 아래 혼자 앉아 내 몸이 오래 품고 온 소리를 듣습니다 내 안의 상처가 풀어놓은 저녁 종소리 먼 하늘에 별꽃으로 피어납니다

©김경윤. 미황사

바람의 독경

– 미황사 시편 4

애저녁부터 처마 끝에 풍경이 운다
어둠의 경전 펼쳐놓고 목청 다듬는 바람
바람은 먼 마을의 개 짖는 소리로 오고
어둠은 산문 밖 세속의 경계를 지운다

시야가 없으면 희망도 없는 걸까
애시당초 좌절의 허리 꺾인 나목들
가지 끝에 슬픈 현絃을 타고 있다

바람의 혀가 나무의 우듬지를 핥을 때마다
가시 돋친 말 때문에 울던 애인처럼
숲은 진저리 치고 놀란 잎새들이 진다

바람의 화음에 귀를 적시던 나무들이
제 그림자를 끌고 숲으로 걸어 들어간
무명無明의 시간, 나는
피 묻은 말들을 맑게 씻어
핏속의 일렁임을 잠재운다

어둠의 유해를 밟고 온 여명
향적당 뒤뜰 늙은 동백나무 슬하에서
바람의 독경을 듣던 눈 밝은 새들이
눈먼 자들의 마을로 날아가고 있다

香積堂

©김경윤, 미황사

어불도於佛島*에서 길을 묻다

바다가 몸살 앓은 봄날이다 뒷산 마당바위에서 소쩍새가 운다 삭망에 왔던 부새*들이 먼 바다로 나간다는 조금물, 바닷속 물길마다 은빛 비늘이 눈부시다 보리꽃 핀 산밭에선 보리 서리하는 연기 모락모락 피어오르고, 돌아오지 않는 애비를 기다리는 조약돌처럼 새까맣게 그을린 아이들 칭얼대는 소리 노을 속으로 번진다 불등 너머로 무심한 갈매기들만 날아드는 저물녘, 혼을 달래는 당골네 굿거리장단이 구슬프다 샛바람에 찢긴 기폭들, 줄 끊어진 부표들이 이름 없는 넋처럼 떠도는 어불도, 갯바람은 생의 비린내를 풍기고 파도는 성난 짐승처럼 길길이 날뛴다 지척에 달마達摩가 있어도 부처는 끝내 자비의 손길을 주지 않고 어불도에서 나는 한종일 서러운 바다의 경經을 듣는다 동아줄에 묶여 뒤척이는 거룻배 같고 그물망에 갇힌 물고기 같은 생의 바다에서 해인海印으로 가는 길을 묻는다

* 어불도 : 땅끝 마을이 있는 해남 송지면에 있는 섬
* 부새 : 조기의 일종

©박흥남. 어불도

ⓒ박흥남. 송지면 어란 바다

어란*

파도 소리가 전라도 사투리로 칭얼댄다

안개가 치마폭처럼 풀어놓은 포구

어란이 죽었다는 바다에는

농게섬, 칡섬, 꽃섬 같은

아름다운 이름을 가진 섬들이 젖무덤처럼 떠 있다

산비탈 마늘밭에선 허리 굽은 노파 몇

초록 물결 따라 부유하고 있다

바다와 늙은 여인들 사이

해변마다 옛 무덤들이 누워 있다

머지않아 죽을 이들과 이미 죽은 자들의 집

그 너머 섬과 섬 사이

어란과 명량까지는 뱃길로 반나절

옛 명량해전의 싸움터다

살아가야 할 자들의 생업을 위해

김발을 매단 머리통 같은 부표들

검은 먹을 묻힌 붓을 그어놓은 듯

바다와 하늘을 나누고 있는 발장들

그 사이사이 핏빛 노을이 번지는 만호바다

죽음과 생업의 길이 안갯속이다

---

* 정유재란 당시 기생 어란(於蘭)이 사랑을 나눈 왜군 장수로부터 군사기밀을 빼내 명량대첩에서 왜군의 대패를 이끌었다는
  전설이 전해지고 있음.

©박홍남, 미황사 보도암

제2부

백방포에 들다

©박흥남, 현산면 신방저수지 연꽃

ⓒ박흥남, 현산묘 신방저수지 연꽃

백방포*에 들다

마음은 그믐인데 그대는 자꾸 백방에 들자 하네
더는 사내를 기다리는 여인도 없는 망부산
그 아래 포구는 이제 벽해碧海가 청전青田이라
백방은 없고, 구불텅 논길 따라 신방에 드니
방죽이 온통 흰 방이네

저 연蓮의 자태 좀 봐!
눈부신 색色이 어린 신부를 닮았네
그 색에 잠시 마음조차 환해지는 둑방길
너머 적막뿐인 공재의 고택
풀은 근심을 알지 못하고 꽃은 다만 다투어 피었네*

나는 늘 침묵보다 더 아름다운 말을 꿈꾸었거늘
내 마음의 별서에는 소란한 새 울음소리 그치지 않고
용마루에서 두리번거리던 제비들
처마 밑에 새집을 짓고 있네

아, 백방白房이네!
고독의 그늘을 거느린 저 하얀 방,
서편에 햇무리 곱게 물든 해 질 녘이면
한 무리 제비 떼들 낮게 날아들어 어린 새끼들 붉은 입에
먹이를 물어다 주던 그 방, 거기
내 마음 부려놓고 싶네, 한 열흘
그대와 함께 새들의 노래를 들어도 좋겠네

침묵보다 더 아름다운 노래를,
포구에 부서지는 흰 파도 소리 같은

* 백방포(白房浦)는 전남 해남군 현산면에 있었던 포구로 중국으로 가던 유명한 바닷길의 출발지였다. 포구가 있던 마을에 공
  재 윤두서의 고택이 있다.
* 이백의 한시 「망부산」 중에서

명량*

바다가 운다
천 년을 울어도 다 울지 못한 울음
울돌목이 운다

울음은 희망의 씨앗
희망은 고통과 절망의 텃밭에서 자라는 꽃이니
오늘 나는 울돌목에 와서
바다에 핀 꽃을 본다

별빛 달빛으로 피어나는
저 파도의 꽃
희망으로 다시 일어서는
울음의 꽃을 본다

한때는 이 바다에서
피 묻은 칼의 노래를 불렀으나
칼의 노래는 불가능한 사랑일 뿐

세상은 칼로써 막아낼 수도 없고
칼로써 헤쳐 나갈 수도 없는 곳*
오직 사랑만이 우리의 길이니

오 사랑이여

그대, 메마른 삶의 지평에 화사한 꽃들이 지고
쓸쓸한 허기와 고단한 일상에 찬바람 가득한 날이면
여기 울돌목에 와서
슬픔이라든지 분노나 미움 같은 것들
죄다 저 회오리바다에 던져두고
차라리 파도를 보듬고
한나절 울어도 좋으리

명량해협鳴梁海峽또는 울돌목이라 한다. 정유재란 당시 이순신이 왜적을 크게 무찌른 명량대첩이 있었던 곳이다.
김훈의 「칼의 노래」에서 인용

©고금렬, 울돌목 노을

이진梨津*에 가다

찬바람 속 꿈틀대는 길을 끌고 이진에 간다
포구에 물보라가 배꽃처럼 흩날린다
무너진 성터에 웃자란 억새들
살풀이 춤사위로 굿판을 열고 있다
골목길 휘몰아가는 군고軍鼓 소리
탐라를 건너온 말발굽 소리 들린다
바람의 굿판을 따라 성안을 기웃거리는데
남문으로 들어 북문에 이르는 길이 구절양장이다
옛 우물에 고인 물빛이 마음속같이 어둡다
골목 끝, 빈집에 웅크리고 있는 어둠들
이내 돌담을 넘어 하늘로 번진다
성곽처럼 세파에 상한 등 굽은 노인네 몇
등 뒤에 달을 지고 갯가에서 돌아온다. 보름이다
이진! 바다가 온통 배꽃으로 환하다
파도를 잠재우려고 바다를 다 퍼낼 수 없다
그저 밀물 들고 썰물 지는 바다를 바라볼 뿐,
동짓달 보름, 이진 바다가 적멸보궁이다

* 이진 : 북평면 이진리, 이 마을에는 17세기 초 수군만호가 상주했던 이진성(梨津城)이 있다. 충무공 이순신 장군이 머물면서
  왜적을 방어했다는 기록이 『난중일기』에 전해지고 있다.

©박흥남. 북평면 이진성

61

©바돌삼 복땅면 이진리

©고금렬, 녹우당

녹우당 산조散調

비 그친 오후
연지蓮池의 푸른 손바닥들이
물방울염주를 굴리고 있다
녹우당 뜨락
종가집 후덕한 며느리 같은 은행나무 잎사귀들이
살갑게 손사래 치는 늦은 봄날
이명처럼 들리는 고산孤山의 거문고 소리
지붕 위의 새소린가 뒤란의 바람 소린가
바닷가에서 자란 거문고 술대가
남쪽 바다 파도 소리로 운다
대나무 숲에서 불어오는 바람 소리 같고
연못 위에 다소곳이 앉아 있는 수련 같은
언플러그 공연이라니!
진양조에서 휘모리까지 내달리는
비자나무숲 빗소리
마음을 죄었다 풀었다 하는 동안
기계음에 시달린 마음의 귀가
빗물에 씻긴 연잎처럼 푸르다

세심당 마루에 드는 햇살
– 미황사 시편 6

찬 하늘을 건너온 노곤한 눈발들이
세심당 마루 위에 시린 발을 내리고
축축이 젖은 몸을 눕혔다

마루에 든 햇살이 따뜻한 손바닥으로
눈발의 지친 등을 어루만져 주자
눈발은 금세 마른 몸으로
가뭇없이 허공 속의 길을 떠났다

지금쯤 천산남로의 어느 하늘을 건너고 있을
그 눈발의 행자들은 기억하고 있을까
그날, 세심당 마루에 들었던 햇살의 따뜻한 손바닥을
오늘 내가 전생의 어느 날인 것처럼
해바라기하고 있는 이 마룻바닥을

66

©김경윤. 미황사 세심당

느티나무 사랑

넓고 깊은 그늘을 거느리고 사는
군청 앞 늙은 느티나무는
종갓집 며느리를 닮았다

바람 찬 가을날이면
고향 떠난 아들을 기다리는 어머니처럼
풍편에 보낸 안부를 묻느라
종종거리며 저물도록 손사래를 친다

한여름 모진 비바람 이겨내고
새된 목소리로 우는 풀벌레들도
한평생을 고단한 노동으로
무릎에 바람 든 노파들도
스스럼없이 찾아드는
오지랖 넓은 그의 그늘 아래선
도란도란 묵은지 같은 이야기꽃이 핀다

더러는 전라도 사투리로 칭얼대는 파도 소리 같고
더러는 남도의 육자배기 가락으로 노래하는 새소리 같은
어머니의 묵은지 같고 물감자 같은
정 깊은 고향 사람들의 이야기꽃!

노랗게 물든 느티의 잎사귀 같은 그 꽃들
한 잎 두 잎 주우면서 살아온 지난 세월
내 몸에도 어느새 인연의 나이테가 늘어
마음엔 매생이 국물 같은 정이 쌓였다

©박홍남. 군청 앞 느티나무

ⓒ박흥남. 송지면 산정리 바다

유년의 바다

안개처럼 아련한 기억의 저편에서
한 소년이 울고 있다

저문 바닷가 모래 언덕에서
소금기 젖은 칼칼한 갯바람에 머리칼을
날리며
청마靑馬를 읊조리던 소년의 어깨 너머로
바다는 우렁우렁 붉게 물들었다

아버지의 귀항은 늘 낙조보다 더디고
허기진 마음은 먼 하늘의 개밥바라기로
깜박일 뿐
갈매기 울음소리 어둠 속으로 가뭇없이
사라지고 말면
모래가슴에 점점이 찍힌 새 발자국 따라
소년의 눈시울은 우련 풀잎처럼 밤이슬에
젖었다

풀가슴 태우던 그 길고 긴 바닷가
싸락싸락한 모래바람 속에서
어물전에 나간 엄매는 어디쯤 올까

눈물의 곡조를 소리 없는 음표로 새기며
소년은 가슴속에 말의 집을 지었다

지금도 그 유년 바닷가에 서면
저녁 어스름 속 별빛처럼 희미한 기억의
저편에서
한 소년이 파도 소리로 울고 있다

보리숭어

보리꽃 피는 오월이었다
마음이 다 술렁거리는 저녁
먼 산에 소쩍새가 울고 있었다
그리움이 밀물처럼 밀려드는 사리물 때
거친 물살을 타고 강을 오른다
물고랑마다 쳐놓은 달빛 어망을 피해
찔레꽃 향기 가득한 풀숲을 가로지른다
때로 사랑은 제 안에 감옥을 짓는 일이어서
하얀 꽃잎 같은 물비늘이 반짝이는 달밤이면
몸살처럼 멀리 있는 그대가 그리웠다
달뜬 몸이 모든 지느러미를 세우고
새처럼 날아가고 싶었다
물살을 차고 뛰어오를 때마다
낚싯바늘 같은 그믐달이 눈초리를 세웠다
그리움이 깊을수록 속살이 오르고
몸 안에 붉은 빗살무늬 꽃이 피었다
먼 산에서 소쩍새 울고
보리꽃 피는 오월이었다

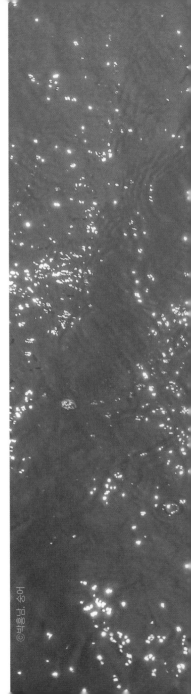

새들은 지상에 집을 짓지 않는다

미루나무 아스라한 우듬지에 새들의 거처가 있다
나뭇가지와 마른 풀로 얼기설기 엮은
때론 비가 들이치고 바람이 새어드는
남루한 집 한 채

저 아스라한 허공의 누옥漏屋에서
짝을 만나 새끼를 낳아 기르고
눈물의 노래를 지어 부르는 새여!

아랫배에 기름기가 오르고
허벅지에 근육질이 붙으면
비상의 꿈은 사라지고
지상에 쌓아놓은 양식糧食 만큼
죄의 몸무게도 는다는 것을
너도 알고 있니?

낮에는 바람이 놀다 가고
밤이면 별들이 쉬어 가는
저 아스라한 허공의 안식처에는
시인의 영혼을 닮은
가난한 새들이 살고 있다

©김경윤, 느티나무

진불암 가는 길

이모부 사구제가 있던 날
잣나무 푸른 잎이 눈을 찌르는 산문 지나
진불암 찾아갔다
마음의 슬픔 다 벗어버리자고
무성한 숲길 헤쳐 올라가는 산경山徑에서
몇 번인가 넝쿨에 넘어지면서
산문 밖 세상길 에돌아 흐르는
산골 물소리 바람 소리 풀내음을
아프게 몸에 새겼다
편한 찻길 두고 굳이 가파른 산길 오르는
내 속내를 읽지 못한 아내의 운판 깨는 원망 소리
그저 숲길에 묻어두고
콧잔등에 염주알 방울방울 매달고서
험한 산길 오르는 뜻을 누가 알랴
죽은 자의 하늘길에 노잣돈이나 보태자는 심사도
먼저 간 영가靈駕의 칡넝쿨보다 질긴 인연의 끈
무정히 끊고 싶은 심사는 더욱 아닌 것을,
누구나 살아온 세월만큼 마음에 상처는 있는 법
그날만은 세상의 썩지 않는 슬픔 벗어두고
마음 바닥에 부글대는 거품까지 걷어내고 싶었지만
끝내 마음속 슬픔은 몸 밖으로 빠져나가지 못하고

죽은 자의 넋을 달래러 오른 산사에는
처량한 목탁 소리만 앞산에 메아리칠 뿐
어디에도 진불은 보이지 않고
몸속에는 생의 번뇌만 들끓었네

ⓒ김충수, 대흥사 진불암

©고금렬. 일지암

일지암 편지

산벚꽃 화사한 봄날입니다
세상 속에서 지친 몸 상한 마음 죄다 산문에 내려놓고
굽이굽이 산 넘고 물 건너 암자에 들었습니다
길고 긴 번뇌의 밤을 뒤척이다
어스름 새벽하늘에 이윽고 눈을 뜨는 별빛처럼
구절양장 인생길 모퉁이에서 마주친 그대와 나는

다관과 찻잔 같은 인연인 것을,
고적한 유배지에서 보내온 그대 편지는
밤새 눈곱이 다 끼도록 혓바늘이 돋고 정신이 멍해지도록
그렇게나 지독한 그리움입니다
해남의 달달한 바람맛과 햇빛과 놀던 물소리
마음의 찻잔에 오래 우려 녹차빛으로 담습니다
비바람 먹구름에 세상을 배웠어도
달 밝은 밤이면 밀려오던 차향茶香 같은 그리움 차마 이기지 못해
솔바람 그림자 떨구는 옹달샘 물 한 바가지로
고요히 마음 열고 찻물을 끓일 때
대나무 숲의 바람 소리 같고 소나무 숲의 파도 소리 같은
죽로竹爐에 물 끓는 소리 산사의 적막을 깨웁니다
새벽이슬 머금어 푸르른 새의 혀와 같은 작설
그 향기에 가슴은 떨려도 사랑은 넘치지 않으니
물의 마음을 닮은 찻잔은 그대의 마음
한 잔의 맑은 여운餘韻 머금고 있노라면
마음의 번뇌가 다 날아가버리고
전나무에 빗방울 떨어지는 소리처럼 뼈에 사무치는
맑고 찬 기운에 영혼도 다 맑아집니다
인연의 바다에 흩날리는 꽃비처럼 아름다운 이 봄날
그대는 풍경 소리로 날 부르고
나는 그대 곁에 차 향기로 머물겠습니다
내 그리운 날이면 초당에라도 들러
그대, 차 한 잔 마시고 가세요

은행나무 사랑방

마을 노인정 앞에 수백 년을 살아온
은행나무가 사랑방을 차렸다
사랑방의 손님은 주로 바람이지만
사방이 확 트인 이 방은
한여름에도 그늘이 깊어
들녘에 일하던 농부들이
잠시 숨 돌리며 쉬었다 가던 자리
오늘은 허리 굽은 노인 몇
생의 긴 여로에서 지친 여행객처럼
노독을 달래며 잠깐 쉬었다 가려는지
나무가 깔아놓은 그늘 방석에 앉았다
누구네 잔칫집에 갔다 오는 길인지
쭈구렁 이마가 불그족족한 저 노인들
한나절 한담의 꽃을 피우고 있다
인생은 낯선 여인숙에서의 하룻밤 같다*는데
오늘밤 지나면 또 누가 떠날지 몰라
은행나무 사랑방에는 노란 수의가 걸렸다

* 마더 테레사 수녀가 선종하면서 남긴 말

ⓒ김종수, 현산면 고현리

나는 땅끝 시인

천 리나 먼 길
서울의 불빛 그리워한 적 없는
나는 땅끝 시인
마음도 몸도 중심을 버린 지 오래
오로지 오지에서 피고 지는 저 들꽃들과
스스로 제 이름을 부르며 우는 텃새들
골목마다 푸른 바람을 거느린 대나무숲과
한겨울에도 눈 속의 붉은 동백꽃들이 나의 오랜 벗이네
한때, 대처를 떠돌던 갈꽃 같은 마음도
중심을 향해 시퍼렇게 자라던 칡넝쿨 같은 열망들도
이제 붉은 황토밭 고구마 순으로 묻어두었네

그래도 때로 마음이 사무치는 날이면
갈두나 사구미 어느 주점에 앉아
그저 저무는 것들의 그 쓸쓸한 여백을 붉은 물마루에 걸어두고
육자배기 가락으로 우는 파도 소리에 기대어
매생이 국물같이 정 깊은 사람들과 소주잔을 비우겠네
진달래 고운 청명淸明 어름이나
목덜미 시린 입동立冬 무렵이면
그리움으로 단풍 든 마음을 여미고
금쇄동 옛터에 칩거한 고산孤山를 찾아가거나

달마산 미황사 부도전 가는 샛길을 걸어도 좋겠네
달 밝은 밤이나 눈 내리는 저녁이면
이동주, 박성룡, 김남주, 고정희, 김준태, 황지
우……
이 고장이 낳은 별 같은 시인들의 시를 읊조리며
느릿느릿 시의 행로行路를 따라서
장춘동 십 리 숲길을 걸어도 좋겠네

천 리나 먼 곳
서울의 불빛 그리워한 적 없는
나는 땅끝 시인
눈보라 치는 변방에서
마늘씨 같은 희망의 노래를 부르겠네

©박흥남, 땅끝전망대

ⓒ박흥남. 미황사 부도암

소나무 아래 너를 묻고

빈산에 마른 나뭇잎들 소소히 우는 가을날
미황사 부도밭 소나무 아래
한 줌 재가 된 너를 묻고 돌아왔다
수의도 국화꽃 한 송이도 없이
관세음보살 목탁 소리가 구슬픈 오후
저만치 단풍나무도 붉은 잎을 떨구었다
이십삼 년 구 개월 황금 같은 시간들이
한순간에 바늘뭉치가 되어 가슴에 박혔다
차마 말이 되지 못한 슬픔은 송곳처럼
명치끝에 아! 탄식으로 터지고
나는 너를 소나무 아래 묻고 돌아왔다
동백나무 잎사귀에 글썽이는 햇살
검은 면사포 같은 소나무 그림자만
빈 등에 지고 돌아온 그 밤
무명無明의 빈방에 홀로 앉아
육신은 마음의 그림자일 뿐이라는
선사禪師의 말을 믿기로 했다
사는 동안 너의 마음과 너의 눈으로
쑥부쟁이 연보라 입술을 생각하고
저무는 노을을 보리라 맹세했다

맨발의 시간

그리움이 뼈에 사무치는 날이면
나를 끌고 다니던 시간의 사슬을 벗고
미황사 부도전 가는 길을 걷는다
내가 끌고 다닌 무거운 신발도
달력에 빼곡한 일정표, 머릿속 짓누르던 카드명세표
쓰다 만 시 나부랭이도 죄 벗어놓고
숲 사이로 난 작은 오솔길을 맨발로 걷는다
발바닥 아래 밟히는 새 울음과 숲이 흘린 푸른 피에
흠뻑 젖은 나무들이 바람의 문초問招를 받고 있다
봄날의 그 싱그러운 바람은 어디로 가고

가을의 그리움만 거느리고 있는지
봄이 저질러놓은 꽃 사태로 신록이 창궐했던 숲도
이제는 아랫도리를 벗고 맨발로 겨울의 초입에 들었다
벼랑 끝에 선 붉가시나무 이파리에 노을이 스러지고
어둠이 스며드는 박명薄明의 오솔길은 적막하다
제 안에 적막을 거느리고 서서
존재의 무게를 견디고 있는 나무들처럼
나는 묵언의 길을 밟고 부도전에 들었다
별빛 아래 적멸에 든 탑비塔碑들이
어둠 속에서 무의無衣의 맨발을 내밀고 있다

ⓒ박흥남, 부도암

어느 가을 미황사 부도암에 들어

한 뼘쯤 세살문을 연 마음의 뒤란에는
웃자란 부추처럼 노을빛 그리움이 무시로 자란다
보고 싶어도 부를 수 없는 이름을 부르는 저녁이면
울컥 달려든 어떤 설움이 간신히 견디던 평정의 둑을 무너뜨리고
산정의 나무들도 통곡하듯 어둠 속으로 무너진다*

늦은 단풍잎 두어 장만 남아 떨고 있는 이 가을
고요가 웅크린 부도전 소나무 아래서
너무 오래 울어서 소리가 없는 여자와
지상의 욕망을 잠재우지 못해 산방에 든 초로初老의 사내가
말없이 가을볕에 뛰노는 강아지를 바라보는 시간이면
항아리에 빗물 고이듯 저녁 종소리가 심연에 가라앉는다

바람이 지나간 숲속에는 고요가 먼저 내려와 눕고
나는 가을 나무처럼 우두커니 앉아 서녘 하늘에서 조문 중인 별들과
어느 먼 하늘길을 건너 서방정토에 가 있을 어린 아들과
이른 저녁 TV 앞에서 까마귀처럼 졸고 있을 팔순 노모와
쓸쓸한 저녁을 맞이할 늙은 아내를 생각하는 것이다
오늘도 진흙 터널 같은 생을 건너며

* 박노식의 시집 『고개 숙인 모든 것』 중에서

©고금빛 태흥사

©고금렬, 대흥사 꽃무릇

어느 봄 대흥사 숲길에서

벚꽃 화사한 길은 짧고 녹음의 봄은 길다
숲길은 구절양장으로 그늘을 깔아놓고
계곡 물소리는 서편제 가락으로 흐른다
봄물이 오른 물푸레나무 그늘에는
상사화 상사화 붉은 상사화
사랑은 애시당초 슬픈 인연이라고
오목눈이 붉은 울음 울고 간다
묵객墨客들이 신선처럼 노닐었던 유선관
전설이 가득한 여행자의 집 문밖에는
차마 피안교를 넘지 못한 발길들이
울울창창 녹청에 물든 뜰만 기웃댄다
어쩌자고 때죽나무 흰 꽃들은 발목을 잡는지
영산홍 붉은 몽매여!
한나절의 산경山徑은 꿈길 같지만
진불眞佛에 이르는 길은 멀고
저 북암 마애여래의 미소도 부질없다
몸은 끝내 산문에 들지 못하고
늙은 보리수나무 가지에 앉은 다람쥐만
계류溪流에 붉은 귀를 씻고 있구나

도솔암 가는 길

해를 등에 지고 가파른 산길을 오른다
긴 그림자를 밟고 오르는 길목에
먼 바다가 언뜻언뜻 얼굴을 내민다
이윽고 바다는 붉은 노을 속으로 얼굴을 감추고
산은 땅거미를 거느리고 숲길로 내려온다
봄에 왔던 길 위에 여름이 죽고
가을이 스러진 길 위에 겨울이 와서
오늘은 하얀 눈이 길을 덮고 있다
떡갈나무 잎은 지고 동백꽃은 다시 피고
가는 것들은 그저 가고
오는 것들은 또 이렇게 오는 것을,
지난해 이승을 떠난 그대의 유해 같은
눈길을 나는 슬픔도 없이 걷는다
사랑도 세월 속에서 나뭇잎처럼 바래지는 것이어서
그대 없는 슬픔을 슬퍼하지 않기로 한다
추위와 고통은 이승의 일
도솔兜率의 하늘에는 또 어떤 바람이 불까
마른 잎새에 글썽이는 잔광들이
나목의 등피를 쓰다듬는 동안
노을이 스러진 자리에 별이 돋고
어두운 숲속에서 새들이 붉은 울음을 운다

©박흥남, 달마산 도솔암

©박흥남. 달마고도

달마고도
– 소를 찾아가는 길

산이 저 홀로 붉어지는 가을이면
일상의 구두를 벗고 산문에 들어
달마산 옛길을 걷는다
달마산 옛길은 소가 걷던 길*
소를 찾아가는 그 길은
발이 아니라 마음의 길
나는 마음의 순례자가 되어
떡갈나무 잎새에 이는 바람처럼
가을 하늘 건너가는 흰 구름처럼
산문 밖 풍문들은 죄다 산 아래 두고
달마산 옛길을 걷는다
물푸레 구절초 쑥부쟁이 함께 걷는
그 길 어디에도 소 발자국은 보이지 않고
다만 내 불우不遇를 다독이는 묵언의 길
한나절 산행길은 관음의 손바닥이어라!

* 사자포구(땅끝)에서 미황사로 오는 길 : 옛날 바닷가에서 황소 한 마리가 등에 불상과 불경을 싣고 와 지금의 대웅전 자리에
  이르러 한 번 크게 울고는 쓰러져 죽었으므로 여기에 절을 짓고 미황사라 했다는 전설이 있다.

©박흥남. 달마산

제3부

달마산 편지

백방포 白房浦

두모리 앞 먼 바다 건너
중국을 오가던 고운孤雲*처럼
흰 길을 따라 제비가 왔다

고요만이 가득한
공재 별서에서
두리번거리며 누굴 찾는지

그늘 깊은 처마 밑
하얀 방
어린 제비들 목구멍이 붉었다

* 신라 때 문신 최치원의 호

©박흥남, 현산면 공재 고택

ⓒ박홍남, 고천암 갈대밭

어느 날 해 저문 갈밭에 가서

어느 날 해 저문 갈밭에 가서
어둠 속에서 저희들끼리 수군거리는 갈대들의 이야기를 들었다
갈대들이 혹 눈치챌까 봐
발소리를 죽이고 바람 찬 강변에 서서
바람과 함께 나도
잠시 내 몸을 흔들어 주었다

갈대들은 저희들끼리 흰 손을 맞잡고
제 마른 몸에서 환하게 핀 갈꽃들을 흔들어대며
지난해 맨몸으로 찾아와 함께 놀다간
기러기, 청둥오리, 가창오리, 노랑부리저어새, 검은머리물떼새, 흰 고니, 흑두루미, 고방
오리며
왜가리, 말똥가리, 중백로, 홍머리오리, 황새, 황조롱이, 흰뺨검둥오리들의 패션과
먼 이방에서 온 그 새들의 노래와 춤사위에 대하여 하염없이 종알대고 있었다
나는 그때 문득, 저 갈대들에게 가서
나도 한 마리 새가 되고 싶었다

ⓒ박흥남. 몽돌

몽돌론

바닷가 산책길에 주워 온 주먹만 한 몽돌 하나
처음엔 그도 각진 바윗돌에 불과했을 것이다

얼마나 많은 귀싸대기를 얻어맞아야
저렇게 작고 단단한 둥근 돌이 될까

밤낮없이 제 몸의 상처를 어루만지며
하염없이 울음을 삼켰을 검은 돌

선방의 묵언 수행자처럼
빈방의 고독한 시인처럼

오직 말없이 오랜 탁마의 길을 걸어온 몽돌
원만하다는 것은 슬픔과 분노를 닦는 일이거늘

몽돌은 제 안에 바다보다 더 깊은 울음보를 가졌을 게다
분명 명사십리 모래알 같은 말들을 품고 있을 게다

그 여름 사구미

땅끝해안로 벼랑길 모퉁이 돌아가다
불쑥 출몰한 해무海霧에 발목 잡힌 마음이 사구미에 주저앉았다

사구미는 늙은 고양이처럼 적막한 포구
여름이 와도 손 없는 해변민박 평상에는 파란만장 펼쳐놓은 바다가 종일 책갈피만 넘기
며 글썽이다 저물고
저녁을 뒤따라온 지친 길들도 모래 언덕에 발목을 풀어놓았다

얼마나 오랫동안 삼키고 뱉었는지 그 이름도 사구미沙口味란다

고양이 살결처럼 곱고 부드러운 사구砂丘에 어둠이 깔리면
바람은 서편 하늘 별빛들 끌어다가 바다 위에 은근슬쩍 뿌려놓고

민박집 달방에 세 든 나는 창문 너머 캄캄한 바다만 바라볼 뿐
저 건너편 뿌연 등댓불이 건네는 위로의 꽃 한 송이도 차마 받지 못하고

그저 꽃 같은 불빛 끌어안고 밤새 뒤척이다
입안 가득 머금은 침묵의 말들 모래톱에 뱉어놓았다

더는 눈물로 생을 보내지 말자고 다짐의 몽돌들 심연에 던져놓던 흰 밤도
부질없어라 만 갈래로 흩어지는 포말들!

잠귀에 고이는 파도 소리에 뒤척이다 깨어 보면 금 간 유리창 아래까지 밀려와 어깨 들썩이던 바다
　날마다 날마다 자꾸 밀려오는 슬픔의 만조滿潮여

　사는 일이 때론 하염없이 울먹이는 파문 같은 것이어서
　누구나 울면서 파도 소릴 들어야 할 때가 있는 것이다

©박흥남. 사구미 바다

ⓒ박흥남, 북평면 영전리

110

여덟 개의 모퉁이가 있는 길

오늘도 해를 등에 지고
여덟 개의 모퉁이를 돌아 만물수퍼에 술 사러 간다
퉁명스러워도 정 깊은 수퍼 아저씨 얼굴에 노을이 물들었다
하루에도 몇 번씩 오가는 길이지만 길모퉁이 돌 때마다
마음이 먼저 울퉁불퉁 요동치는 그 길
어느 봄날엔 경중경중 길 위로 뛰어드는 고라니를 만나기도 하고
또 어떤 날에는 로드킬 당한 길고양이를 보내기도 했지만
구불거리는 모퉁이마다 팡팡 팝콘처럼 벚꽃이 터지는 날엔
가던 길 멈추고 한참을 꽃비에 젖어 마음이 다 환해지는 그 길
여름에서 가을까지 모퉁이마다 붉은 배롱꽃 피고 지면
백일몽 같은 몽롱한 해무海霧 속에서 지척의 백일도가 가물거리고
눈이라도 내리는 날이면 엉금엉금 게걸음으로 고갯길을 넘지만
밤길 오다 보면 어느 모퉁이엔 가로등 가족처럼 반기는 그 길
돌아보면 내 살아온 생애도 수많은 모퉁이를 돌고 돌아
이제 한 모퉁이를 돌고 있다는 생각이 드니
부처는 여덟 개의 바른 길을 가라고 했지만
나는 모퉁이 많은 이 길이 사람의 길만 같아
매번 같은 날이지만 날마다 내일이 궁금해지듯
모퉁이를 돌 때마다 퉁퉁거리는 마음이라니!
나는 오늘도 여덟 개의 모퉁이를 돌아
만물수퍼에 술 사러 간다

©고금렬. 달마산

달마의 슬하

고단한 필생의 길을 끌고 마음수레 굴리며 여기까지 왔다

길 위에서 가만가만 부르던 그리운 이름들
화산 현산 지나고 월송 서정 외돌아서 가파른 달마에 오르니
산 아래 풍경들은 납화처럼 납작 누워 있다

산그늘 내려와 저수지에 발목 적시듯
어스름 기척도 없이 슬며시 숲길 어루만질 때
바다는 어느새 붉은 노을 방석 깔아놓고
달마는 애저녁에 어둠 경전 펼쳐놓았다

어둠이 바다와 하늘의 경계를 지웠으니
저 무구한 하늘에 무슨 글자가 필요할까
별빛의 불립문자여!

스스로 빛나는 것이 너의 길이라면
그저 별빛 아래서 어둠 경經을 읽는 것은 나의 일

여기 달마의 슬하에선 오만 가지 길들이 하나의 길로 눕고
어지러웠던 생生의 물음들도 마침내 단순해지는 것을,

ⓒ박흥남, 송지면 서정저수지

어느새 이곳에도 가을이 들어
울창했던 녹음의 맹목이며 만발했던 꽃들의 장엄도
수묵 같은 농담으로 색을 벗으니
하늘에는 솜털처럼 뭉쳐졌다 흩어지는 구름뿐이다

달마의 저녁

어정어정 칠월이 가고 건들건들 팔월이 와도
동동거리며 가을의 문 앞에 선 불안의 발길들 하염없거니

밤낮으로 듣는 쇳소리에 귀가 아프고 쓴 소주도 공허한 날이면
어둑어둑 산문에 들어 세속의 신발을 벗고 달마고도*를 걷는다

구불거리고 가파른 산경山徑에 산그림자 덮이면
저녁 새의 날갯짓 소리 길 위에 떨어져 쌓이고
온갖 숨탄것들로 붐비는 산은 일시에 소리의 화엄이 된다

숲속의 풀벌레 울음소리 산을 들었다 놓았다 해도
놀란 귀도 아픈 발도 없는 달마는 묵묵하고
달빛 고인 숲길은 만경창파로 출렁인다

떡갈나무 잎새에 별빛 걸어두고

허공에 바람의 노래를 필사하는 저녁

숲속의 나뭇잎 부비는 소리며 가을벌레 울음소릴
돌칼로 새긴 빗살무늬처럼 내 몸에 오목새김질 하는 동안

나는 숲이 흘린 푸른 피를 마시며
그저 한 그루 나무가 되어 달그림자로 눕는다

산문 밖 인간의 길은 어둠 속에 가물거리고
숲속 금수禽獸의 길도 황망히 어두워지는데
내 안에 들어앉은 여여한 달마는 돌처럼 고요하다

* 달마고도 : 전남 해남에 있는 달마산 둘레길

©박흥남, 달마산

ⓒ김경윤, 미황사 삼성각

그대 별서*에 두고 온 배롱나무 붉은 꽃잎처럼

우기가 지난 백포들 건너 그대의 별서를 찾아가는 길은 구불거리고
나는 자꾸 고개 숙인 나락처럼 숙연해진다오

별서의 뜰에는 늙은 배롱나무만 오롯하게 붉고 삐걱거리는 툇마루는 적막을 깨우는데
가을 기러기 울음으로 흰 구름 같은 그대를 불러 보아도

고적한 옛집의 처마는 높고 그늘은 깊어 그림자로도 그대에게 가닿을 수 없고
애오라지 뜰에 낭자한 배롱나무 꽃잎들만 부질없는 그리움으로 붉은데
애시당초 출세도 허명虛名도 마음에 두지 않고 오직 서화書畵만을 벗 삼아
사뭇 고독한 묵향으로 사화士禍의 강을 건넜을 그대의 생生을 생각하면

세상도 시도 노래도 날로 억새꽃처럼 가벼워진 이즈음 자꾸 그대가 사무친다오
망부산 그늘에서 '나물 캐는 아낙네들' 호미날 같은 눈빛으로 세상을 바라보던 그대의 눈
빛이

그대 별서에 두고 온 배롱나무 붉은 꽃잎처럼 처절하고 형형한 그 눈빛 같은 시가

* 해남군 현산면 백포에 있는 공재 윤두서의 별서

©박흥남, 송지면 내장리

120

팽나무에 대한 헌사

어린 시절 고향 마을
큰댁 텃밭머리에서
할머니처럼 반겨 주시던 늙은 팽나무는
지금도 내 마음속에서
푸르고 넓은 잎 그늘을 드리우고 있어요
홍점알락나비를 부르고,
저녁 때까지 울음을 부르고,
달곰한 열매가 노랗게 익고 있어요
아직도 내 손가락에 남아 있는
알록달록한 때까치 알의 따뜻함이라니!
팽나무 잎에 세 들어 살던
애벌레가 번데기를 벗고 나비가 되는 동안
팽나무가 들려준 이야기는
살아 있는 것들은 껍데기를 깨고 나와야
날개를 가질 수 있다는 나비의 우화
어린 시절 고향 마을
큰댁 텃밭머리에서
생명의 신비를 처음 가르쳐 준 팽나무
내가 세상에서 와서 처음 만난
나의 스승이에요!

바다 여인숙

오늘밤엔 누가 들었는지

며칠째 캄캄하던 창문에 불빛이 환하다

헐벗은 해조海藻 그 쓸쓸한 필생들이

하룻밤 혹은 달방 얻어 한철 머물다 가는

바다 여인숙, 잠 못 드는 밤이면

마음은 해인정사海印精舍에 들어

해조음에 잠귀를 적시며 불면을 잠재운다

©박흥남. 송지면 송라중도

바다의 노래를 필사하다

창문 가득 노을을 걸어놓고
황혼의 문턱에 우두커니
바다를 건너오는 저녁을 마중하는
어스름

낙담과 회한의 돌로 마음의 담을 쌓고
바다가 내려다보이는 창가에 앉아
바다의 노래를 필사하는
밤이면

파도의 입술이 모래톱을 적시듯
박명의 해조음이 마음을 적신다

어린 날엔 높은 산을 보며 살았고
젊은 날엔 푸른 강을 따라 걷기도 했지

이즘엔
바다에 기댄 마음이
자꾸 해월海月의 행로를 묻지만
나날이 눈은 어두워지고 책도 멀어져
그저 바다의 책장을 넘기는 파도 소리뿐

부질없다 부질없다
달빛에 부서지는 파도들
수국 꽃잎처럼 마음에 피고 진다

©박종남, 땅끝 노을

© 김경용, 무의미니즘 바다

파도의 안부

바닷가 외딴집에 세 들어 산 지 달포가 지났다
처음에는 좀 적적하고 쓸쓸했지만
이 세상에 와서 내 지은 죄 많아
번잡을 떠나 스스로 유적流謫을 선택한 일이거니
누굴 탓할 일도 아니어서
그저 운명인 듯
저녁과 밤 사이에 물마루를 적시는
시민박명市民薄明의 노을로 위안을 삼았다

가난하고 쓸쓸한 바닷가 외딴집에 사는 동안
누군가는 고독사 같은 기우杞憂를 흘리지만
그래도 고적한 내 마음의 뜰에 이따금씩 찾아와
안부를 묻는 이들도 있었으니
어느 오후에는 발목이 발갛게 언 붉은머리오목눈이가
전기검침원처럼 창문을 기웃대다 가고
어떤 저녁에는 눈빛이 서글픈 검은 길고양이가
우편배달부처럼 쓰레기 봉지를 뒤적이다 갔다

인적 없는 바닷가 외딴집에서 지낸 달포
밤잠이 없는 나는 별빛처럼 깨어서
푸른 달빛 아래 앉아 바다 윤슬에 몸을 씻고

아말리아 로드리게스[*]의 파두를 듣다 잠이 들곤 했다
그런 날이면 새벽녘에 내 머리맡에 와서
달근한 숨결로 곤한 잠을 깨워 주는 누군가 있었다

* 포르투갈 서민들의 삶을 노래한 민요 '파두(Fado)'를 부르는 세계적인 가수

바다의 적막

저 언덕 너머
바다는 종일 적막하다

백만 페이지의 적막을 거느리고 사는
바다를 스승으로 모시기로 한 날부터
내 안에도 일만 페이지의 적막이 찾아왔다

인파가 오고 가는 도시의 번잡이나
꽃 지고 새 우는 숲속의 소란도 싫어

바닷가 외딴곳에
고요한 적막 한 채 얻어
없는 사람처럼 살기로 했다

바다를 건너는 바람처럼
하늘 건너는 구름처럼
누가 내 안의 적막을 자취 없이 건널 수 있을까

신이 아니고서 어떻게
바다 속 같은 내 안의 적막을 읽을 수 있을까

다만 오늘 밤에는 저 적막한 바다에
흰 붓 자국을 남기고 가는 달의 숨소리뿐이다

ⓒ박홍남, 땅끝 바다

황혼의 식탁

바람도 없이 기척도 없이
누가 저 바다의 평상에다 식탁을 차려놓았는지

붉은 식탁 위에는
한 접시의 구름과 갓 구운 빵 몇 조각
한 알의 사과

감사도 없이 기도도 없이
저녁의 언덕에 오롯이 앉아
나는 하루치의 허기를 달랜다

그러나
외로운 별빛 같은 영혼은 무엇으로 채우나

북가시나무 긴 그림자를 애인처럼 불러다가
별수제비라도 한 그릇 끓여 내올까
푸른 술잔에 추억의 포도주를 따를까

허기진 길고양이처럼
개밥바라기 창가를 기웃거리는 어스름

바다는 낡은 아코디언으로 보사노바를 연주하고
북가시나무 가지들은 허리를 흔들며 춤을 추네

ⓒ박흥남. 땅끝 바다

ⓒ김경윤, 땅끝조각공원

없는 사람처럼 빈 벤치에 앉아서

걸어서 5분 30초 거리에 있는 땅끝 조각공원은
게으른 나와 게걸스러운 레옹이의 산책길
이따금 레옹이의 목줄에 끌려 공원에 가면
나는 그저 없는 사람처럼 빈 벤치에 앉아서
그냥 말 없는 조각상이 되었다 와요

비상을 꿈꾸는 흰 석상과
그리움으로 가슴에 멍이 들었을 청동 나부裸婦와
바람에 손사래 치는 푸른 후박나무의 동무가 되어
먼 발치의 바다가 전하는 봄의 기별을 듣기도 하고
하늘에 뭉게뭉게 띄워놓은 구름 편지를 읽기도 하고

오늘은 누군가 살며시 벤치에 놓고 간
부고 같은 흰 꽃잎 편지 한 장 차마 펼쳐 볼 수 없어
그저 없는 사람처럼 빈 벤치에 앉아서
봄산에 꽃상여처럼 피어나는 산벚꽃과
푸른 허공에 흩어지는 당신의 마지막 목소리 같은
개개비 우는 소리만 듣다 왔어요

옛 산에 두고 온 여름

당신이 꿈인 듯 와서
높고 외로운 옛 산에 들었던 것은 지난여름의 일인데
고산孤山을 오래 마음에 두고 살아온 당신의 꿈이
당신을 그리워하는 나의 여름인 것을 알게 된 것은
이 가을의 일입니다

선인先人을 찾아가는 길 위에는
여름이 사뭇 푸르고 굽이굽이 산경山徑은 그늘이 깊어
당신은 말을 잃고 발길에 밟히는 산새 울음소리만
늙은 소사나무 잎새를 흔들었지요

이따금 새의 눈물인 듯 길섶에 알알이 맺힌 뱀딸기들
그 달짝지근한 눈물 맛에 당신의 입술은 추억에 젖고
병색도 없이 철 늦은 흰 찔레꽃처럼 웃던 당신, 그 미소에 찔린
내 마음은 가을보다 먼저 단풍이 들겠습니다

옛 산에는 꿈을 키우는 집*이 있어
그 몽와夢窩에 들어 당신의 꿈을 생각하고 있을 때
높고 외로운 것이 시인의 길이라고 했던
당신은 울울한 솔숲에서 아득한 하늘만 바라보았지요

당신은 옛산의 비탈길에 미끄러지고
나는 당신의 말 속에서 미끄러지던
꿈길 같던 그 산속의 한나절
내가 두고 온 것이 애오라지 여름뿐이었을까요

소슬바람에 소사나무 잎새들이 속살대는 가을이 와도
나는 이제 쓸쓸하다 말하지 않아도 될까요

* 고산유적지 금쇄동에는 '꿈을 키우는 집'이라는 양몽와(養夢窩) 터가 남아 있다.

어란 포구

난초꽃 같은 눈포래가 나리는 어란에 가면 매생이국에 밥이라도 말아먹자던 그대가 생각
나지 그 여름 습습하고 쫄깃한 하모회와 바다 내음을 술잔에 적실 때 그대는 샤브샤브 국물
에 눈물을 말았지 세월은 늘 오래 묵은 어리굴젓처럼 마음에 군동내를 남기고 추억은 또 묵
은지 같은 신맛으로 오지만 씹으면 단맛이 되는 추억도 있어 오늘은 삼치회 한 접시에 김을
말다 밀물에 파닥이는 노래미 꼬리 같은 기억을 물고 내 목줄을 놓지 않는 어란 포구에 발
목이 잡혔다

©박흥남, 어란 포구

늙은 비파나무 그늘에서

이즈음 고요하고 쓸쓸한 날들이 책장의 읽지 않는 책처럼 쌓이고 사람과 사람의 말이 겨울 외투처럼 거추장스럽고 무거울 때가 많다

오늘은 찬물에 어제 해놓은 밥을 말아 묵은지와 오이장아찌를 얹어 점심을 때우고 마당귀 늙은 비파나무 그늘에 앉아 황금빛 열매를 탐하고 있는데

저만치 텃밭에 몽글몽글 올라오는 부추꽃과 흰 부추꽃에 붕붕대는 벌들과 이 꽃 저 꽃 옮겨 다니며 부챗살 같은 날개를 폈다 접었다 하는 호랑나비의 날갯짓이 생의 허기를 부른다

마침내 부추눈꽃나물이 떠올라 이른 저녁을 준비하러 일어서는데 황혼의 비파는 긴 그림자를 해 뜨는 쪽으로 깔아놓고 제 걸어온 길을 돌아보는 늙은 사람처럼 주름진 잎마다 글썽글썽 저녁 빛을 매달고 있다

냄비에 물 끓은 소리 들으며 칼등으로 흰 두부를 으깨다 문득 지난해 담근 비파주와 갈대꽃 소슬대는 쓸쓸한 비파행*을 생각하고 있는데 어둑한 뒷산 뻐꾸기는 또 무슨 설움이 있는지 제 이름을 부르며 방 안까지 배경음악을 깔고 있다

* 비파행(琵琶行) : 당나라 시인 백거이의 시

ⓒ김경표

141

ⓒ김경윤. 해남읍 금강저수지

금강저수지

둑방에 앉아 그대를 바라보는 날이 많다
선방에 앉아 제 마음을 바라보는 수행자처럼
수시로 변하는 그대의 물색을 골똘히 바라본다
그것은 내가 그대를 대하는 최소한의 예의이고
그대에게 가까이 가기 위한 길이라고 생각했기 때문이다
그러나 그대는 한 번도 스스로 속을 보여 준 적이 없으니
그대는 읽어도 읽어도 뜻 모를 경전經典 같다
그러고 보니 그대는 마치 바닥에 펼쳐놓은 책을 닮았구나
언젠가, 나는 들었다, 연년이
책에 빠져 죽은 아이들이 있었다는 이야기를,
책 속에서 허우적대다 끝내 세상을 놓아버린 그 아이들
수심 깊은 그대의 내면을 다 읽지 못하고 그저 물색만 보고 갔으리라
그래서일까, 나는 자꾸 그대의 수심이 궁금하다
오늘처럼 바람이 세차게 부는 날이면
둑방의 풀들도 번뇌가 많은지 자꾸 그대에게로 쏠린다
문득 내 마음도 저와 같다는 생각이 들어
슬픈 영가靈駕를 달래는 바람의 독송을 듣는다
천 번을 듣고 읽으면 그대의 마음에 가닿을 수 있을까
수심 깊은 그대의 이마에 잔주름이 늘고
천 줄 만 줄 이어지는 주름살들 사이로 노을빛이 스민다
뒷산 숲 뻐꾸기 울음도 흥건히 젖어든다

자기가 선 자리에서 주인이 된 사람의 '땅끝' 시

고재종 시인

1. 실향의 고독이 없는 행복한 시인

신학자 전광식 교수의 『고향』이라는 책을 보면 "현대인은 절망감 가운데 깊은 고독 속에 빠져 있다. 이 고독은 이중적인데, 하나는 고향으로부터의 이탈에서 파생된 근본적인 고독이며, 다른 하나는 도시와 같은 타향에서 폐쇄된 자아들의 군집 속에서 갖는 관계적 고독이다."라는 구절이 나온다. 현대인의 두 가지 고독의 얼굴이다.

한데 이 두 가지 고독을 애초에 모를 법한 시인이 김경윤이다. 나는 「땅끝 시인」이라는 시에서 그를 "해남에 가면 거기에서 나서 거기에서 오랫동안 후학들을 가르치는 김경윤 시인이 산다. '김남주기념사업회'를 비롯한 지역의 여러 사회단체의 리더로도 활동하며 '수처작주隨處作主 입처개진立處皆眞'의 자세로, 선지자는 고향에서 대접을 받지 못한다는 말을 전복시키며 촌음이라도 아깝게 산다."고 표현한 적이 있다.

시 그대로 그는 태어난 고향에서 교사 생활 및 여러 사회활동에 활발발하여서 실향의 고독이나 관계적 고독은 겪어 보지 못했을 것이다. 이렇게 평생 고향에서 사는 사람을 '행복한 사람'이라고 말해 볼까. 소설가 이문구식 표현대로 젊은 날 "뒤란의 대숲 쓸리는 소리만 들

144

려도 한숨과 탄식이 절로 터져 나오고" 하늘의 그 많던 별들이 영혼의 상처딱지로만 여겨지던, 가난과 낙담과 서러움의 고향(더구나 그의 고향은 더는 밀려날 곳도 없는 땅끝 아닌가!)을 '즈려밟고', 고향의 후학과 '민주-계명'을 위해서 평생을 바쳐버린 그 열정! 그것은 자기 처지나 환경을 탓하지 않고 자기가 선 자리에서 주인이 되어 살겠다는 큰 의지가 없었다면 불가능했을 것이다.

2. 고향 바다를 필사하여 시인이 되고

그러한 김경윤에게 고향의 바다는 그를 시인이 되게 했고, 산은 그를 깨침의 길에 들어서게 했다. 알제리 바닷가에서 태어나 가난한 어린 시절을 보낸 카뮈는 지중해의 아들이다. 그는 투명하고 찬란한 햇빛을 받는 파도가 눈부시게 반짝이는 에게해의 기적을 직접 본 사람은 얼마나 행복하고 황홀한가, 하고 감탄하며 말한다, "봄철에 티파사는 신들이 내려와 산다. 태양 속에서, 압생트의 향기 속에서, 은빛으로 철갑을 두른 바다며, 야생의 푸른 하늘, 꽃으로 뒤덮인 폐허, 돌더미 속에 굵은 거품을 일으키며 끓는 빛 속에서 신들은 말한다."(알베르 카뮈, 『결혼, 여름』) 에게해가 없었던들 대작가 카뮈가 존재했을까, 하고 사람들은 이구동성이다.

그처럼 김경윤에게는 '땅끝바다'와 '달마산'과 '미황사'가 현실의 세계에서 곧잘 문학적이며 철학적인 공간으로 비약하고, 또 시간이나 존재의 궁극처가 되기도 한다. 그의 「유년의 바다」는 "저녁 어스름 속 별빛처럼 희미한 기억의 저편에서/한 소년이 파도 소리로 울고 있"는 바다이다. 바다에 나간 아버지의 귀항은 언제나 늦고, 어물전에 나간 엄매 역시 돌아오지 않는데, 기다림에 지친 소년은 소금기 젖은 칼칼한 갯바람과 우렁우렁 붉게 물든 노을바다와 모래가슴에 점점이 찍힌 갈매기 발자국을 헤다 "눈물의 곡조를 소리 없는 음표로 새기며/…가슴속에 말의 집을 지었다." '말의 집' 곧 시를 탄생시킨 것이다.

그렇게 바다가 탄생시킨 시로 그는 바다에 보답이라도 하겠다는 듯이 많은 바다와 섬의 시들을 쓴다. 「파도의 안부」 「바다의 노래를 필사하다」 「바다의 적막」 「그 여름 사구미」뿐만 아니라 어불도, 어란, 백방포, 이진 등 섬과 마을 그리고 그곳에 사는 민초들의 삶의 애환을 시로 위로한다. 그런가 하면 다음과 같은 존재의 외로움으로 잠 못 이루는 바다 시도 있다.

오늘밤엔 누가 들었는지
며칠째 캄캄하던 창문에 불빛이 환하다
헐벗은 해조 그 쓸쓸한 필생들이
하룻밤 혹은 달방 얻어 한철 머물다 가는
바다 여인숙, 잠 못 드는 밤이면
마음은 해인정사海印精舍에 들어
해조음에 잠귀를 적시며 불면을 잠재운다

 ―「바다 여인숙」 전문

손님이 없는지 며칠째 캄캄하던 여인숙 창문이 환하다. 모처럼 손님이 든 것이다. 손님이래야 늘 소금기 가득 머금은 바닷바람에 시달리는 탓에 헐벗을 수밖에 없는 바다풀 같은 쓸쓸한 필생들일 것이다. 물론 하룻밤을 묵어가거나 달방을 얻어 한철 머물다 가는 사람들일진대, 화자도 그중 한 사람이다. 그 바다 여인숙의 물결이 밀거나 써는 소리, 혹은 파도 소리 가득한 밤이면 우주의 일체를 깨달아 아는 부처의 지혜라는 해인海印의 절을 마음에 모시고 불면을 잠재운다. 그러고 보면 이 시는 캄캄한 무명無明의 세상에 잠시 세 들어 살며 헐벗음과 쓸쓸함과 잠 못 이루는 고통으로 헤매다가 파도가 오고 가는, 물결이 밀고 써는 해조음海潮音 소리, 곧 태초부터 있어온 우주의 반복적 원리와 그 무자비한 힘의 전언을 수긍하고 수용해야만 하는 인간 존재의 외로움을 고요 중에 통찰한 시라고 할 수 있다.

물론 그런 통찰에 이르기 위해선 "바다가 내려다보이는 창가에 앉아/바다의 노래를 필사"(「바다의 노래를 필사하다」)하거나, "백만 페이지의 적막을 거느리고 사는/바다를 스승으로 모시기"(「바다의 적막」)도 해서 가능한 일이었다.

3. 달마의 산에서는 한 소식을 깨쳐서

한편 그는 산을 통해서는 깨달음의 향취가 가득한 시들을 반복하여 쓴다. 그의 시에 「달마의 슬하」 등 '달마'가 들어간 시들이 여러 편인데, 여기서 달마란 미황사가 소재하고, 달마고도라는 산행코스로 이름난 달마산을 말한다. 아울러 달마는 선종에서 깨달음의 대명사인 달마 대사를 가리키고 있는 바, 시에서는 달마가 늘 중의적으로 사용되고 있다. 위 시에서 화자는 "고단한 필생의 길을 끌고 마음수레 굴리며" 아울러 "길 위에서 가만가만 부르던 그리운 이름들"과 "화산 현산 지나고 월송 서정"들의 마을을 외돌아서 "가파른 달마"에 오른다. 달마산에 오른 것은 달마 선사로 상징되는 깨달음의 한 소식에 들었다는 이야기이기도 하다. 아니나 다를까 달마에 올라 보니 발아래 바다는 어느새 노을을 재우고 '어둠 경전'을 펼친다.

        어둠이 바다와 하늘의 경계를 지웠으니
        저 무구한 하늘에 무슨 글자가 필요할까
        별빛의 불립문자여!

        스스로 빛나는 것이 너의 길이라면
        그저 별빛 아래서 어둠 경經을 읽는 것은 나의 일

        여기 달마의 슬하에선 오만 가지 길들이 하나의 길로 눕고

어지러웠던 생生의 물음들도 마침내 단순해지는 것을,

– 「달마의 슬하」 부분

어둠은 경전이다. 그 경전 속에선 모두 존재가 하나 되고 모든 존재가 제자리를 찾는다. 미국 시인 로빈슨 제퍼스에게 "밤이 빛나는 어둠은 아름다움의 고요한 중심 같은 것이었다. 광선 없는 광채, 빛나는 그림자, 평화를 가져오는 자, 모든 빛나는 것들의 자궁, 빛의 방음막이었다."『어린 왕자』의 생텍쥐페리도 밤에 대한 정의의 정수를 보여준 바 있다. "밤이여, 내 사랑이여. 말이 시들고 사물이 살아나는 밤이여. 낮의 파괴적인 분해가 끝나고, 진실로 중요한 것들이 모두 완전체로 돌아가는 밤이여. 인간이 자아의 파편들을 다시 조립하고 고요한 나무와 함께 성장하는 밤이여."

그러기에 밤의 어둠은 경전이고 경전처럼 신비로운 것이다. 무엇보다도 그 어둠은 '바다와 하늘의 경계' 곧 이분법의 경계를 지움으로 신비롭다. 이분법의 경계는 언제나 인간의 분별심分別心에서 나오게 되는데 하늘과 땅, 정신과 물질, 천국과 지옥, 본질과 현상, 큰 것과 작은 것, 많은 것과 적은 것 등등 갖가지 것을 나눠놓고 전자는 좋은 것 후자는 나쁜 걸로 규정지어버린다. 그런 경계, 곧 분별심을 지우고 밤은 무엇보다도 하늘에 '별빛'이라는 불립문자를 밝힌다. 말이 사라지고 사물이 살아나는 밤, 경계가 사라지고 별이 도는 밤하늘은 무구하다. 그렇게 별은 스스로 빛나고 그 별빛 아래서 어둠의 경전을 읽는 것은 나의 일이다. 말을 버린 별빛의 불립문자 아래서 "낮의 파괴적인 분해가 끝나고, 진실로 중요한 것들이 모두 완전체로 돌아가는 밤"을 읽는다는 말이자, "자아의 파편들을 다시 조립하고 고요한 나무와 함께 성장하는 밤"을 읽는다는 말이다. 그러다 보니 별빛 같은 깨달음이 온다.

여기 달마의 슬하에선 오만 가지 길들이 하나의 길로 눕고
어지러웠던 생生의 물음들도 마침내 단순해지는 것을,

밤의 경전 속에서, 별빛의 불립문자 속에서, 나아가 달마의 슬하에서 오만 가지 길들이 하나로 눕는다. 끝없이 갈라졌던 의심 많은 길들이 하나로 눕는다. 하늘과 바다가 하나가 되어 눕는다. 너와 내가 하나가 되어 눕는다. 싸움의 대상과 주체가 하나의 길로 눕는다. 개인과 사회가 하나의 길로 눕는다. 삶과 죽음이 하나로 눕는다. 성과 속이 하나로 눕는다. "어지러웠던 생生의 물음들도 마침내 단순해"져서 하나의 길이 된다. 일즉다 다즉일一卽多 多卽一이다. 하나가 그대로 전부이며 전부가 그대로 하나인 세계의 인식이다.

4. 모든 사물과 존재와 하나가 되다

김경윤이 고향 바다를 필사하여 시인이 되고, 고향 산의 슬하에 들어 깨달음을 얻은 뒤로 그에게 고향의 모든 존재와 사물은 인간과 동격을 이루는 생태 사슬로 엮인다. 숲으로 가는 가을 저녁 "서늘한 초저녁 별들이 안부를 묻"(「숲으로 가는 가을 저녁」)고, 이제 막 출가한 행자가 장작을 패는데 "마른 장작에 도끼날이 박힐 때마다/…/산도 진저리를 치며"(「나무에도 길이 있다」) 운다. 그런가 하면 천년의 그늘을 거느리고 사는 만일암 옛터 느티나무는 직립의 수행 끝에 "천수관음千手觀音"(「느티나무 부처」) 부처가 되고, "두륜산 진불암 들머리에는/은행나무 두 그루가 다정"(「은행나무 부부」)한 부부가 되어 사는가 하면 "마을 노인정 앞에 수백 년을 살아온/은행나무가 사랑방을 차"(「은행나무 사랑방」)린 것은 그야말로 장관이라고 아니할 수 없다.

해가 기울고 나무들의 그림자가 제 몸을 빠져나가는 저녁입니다 어둠 속으로 저벅저벅 걸어 들어가는 나무들이 바람을 부릅니다 바람은 제 안의 오랜 상처를 서쪽하늘에 풀어놓습니다 하늘 끝까지 낭자한 바람의 혈흔이 수평선에 번집니다 향적당 툇마루에 오도카니 앉아 해인海印을 찾아가는 바람의 울음소리, 어느덧 어둠의 빗장을 여는 저녁 종소리가 숲을 흔듭니다 나무들은 묵언의 경배를 올리고 범종은 살을 찢어 소리를 만듭니다 어둑한 상처에 기대어 종소리를 듣는 저녁, 항아리같이 텅 빈 몸속으로 소리가 쌓입니다 저녁 종소리가 무쇠 같은 어둠을 이마로 들이받을 때마다 어둠의 상처에서 별이 뜹니다 마음은 종소리를 따라 자꾸 산 아래 마을로 달려갑니다 종소리를 따라나선 마음은 이내 돌아오지 않고 별빛 아래 혼자 앉아 내 몸이 오래 품고 온 소리를 듣습니다 내 안의 상처가 풀어놓은 저녁 종소리 먼 하늘에 별꽃으로 피어납니다

－「저녁 종소리 － 미황사 시편 2」 전문

21세기의 시대적 주제는 아마도 '생태환경 문제'일 것이다. 이는 생태환경의 심각한 파괴로 인한 지구와 인간 삶의 미래조차 보장을 받을 수 없는 처지에 놓인 인간들의 불안감 때문이다. 일찍이 에리히 프롬은 저서 『소유냐 존재냐』에서 "우리는 인간과 자연의 조화라는 선지자들의 비전을 포기하고, 자연을 정복하고 그것을 우리의 목적에 맞게 변형시키는 것으로 문제를 해결하려 했다. 그 결과 자연의 정복은 자연의 파괴에까지 이르게 되었다."고 했다. 정복과 적대감에 눈먼 인간이 벌여놓은 오늘의 지구환경은 심각한 위기에 처해 있다. 이에 인간과 자연이 공멸하지 않고 공생하기 위해서는 인간과 자연이 적대와 대립이 아닌 화해와 조화를 이룰 수 있는 방향으로 나아가야만 한다는 새로운 가치관이 나타났다. 생태적 세계관인데, 이는 우주의 순리와 자연과의 친화를 바탕으로 하는 삶에 대한 모색을 도모한다.

육긍 대부가 남전 화상과 대화 중에 질문을 했다. "승조 법사는 '천지는 나와 한 뿌리이며 만물은 나와 한 몸(天地與我同根, 萬物與我一體)'이라고 말했는데, 정말 훌륭한 말이지요?" 남전 화상이 정원에 핀 꽃 한 송이를 가리키며 대부를 부른 다음 말했다. "요즘 사람들은 이 한 송이의 꽃을 볼 때 마치 꿈결에서 보듯 한다오."

－『벽암록』 제40칙

하루는 육긍이 남전과 대화를 나누면서 "승조 법사는 '천지는 나와 한 뿌리이며 만물은 나와 한 몸'이라고 했는데, 정말 훌륭한 말이지요?"하고 물었다. 승조 법사는 후진시대의 고승이다. 여기서 "천지는 나와 한 뿌리이며 만물은 나와 한 몸이다."라는 말은 만물이 연기법에 의해 운행되기 때문에 애초에 자타와 주객, 천지라는 이분법은 있을 수 없다, 한 몸일 수밖에 없다는 것이다. 그 물음에 남전은 정원에 핀 꽃 한 송이를 가리키며 "육긍 대부! 요즘 사람들은 이 한 송이의 꽃을 볼 때 마치 꿈결에서 보듯 한다오."라고 대답한다. 만물은 한 몸이라는 게 너무도 분명한 사실인데, 이 사실을 사실대로 보지 못하고, 사실이 아닌 꿈결인 양 보고 있으니, 이것이야말로 문제가 아니겠소? 라는 반문인 것이다.

김경윤은 고향의 모든 사물, 모든 존재와 하나 되어 논다. 하나 되어 울고 웃는다. 위 시 「저녁 종소리」에선 바람과 저녁 종소리마저 인격화 되어 화자의 상처를 달래고, 그 소리들로부터 위로를 받는다. 나아가 이 시에선 바람의 울음소리마저 구원의 해인海印을 찾아 나서고, "내 안의 상처가 풀어 놓은 저녁 종소리는 먼 하늘에 별꽃으로 피어"난다. 생태학은 원칙적으로 '생명'의 원천으로서의 대지와 자연을 인간 사회에 긴밀하게 연결하고자 하는 학문인데, 김경윤은 무생물이자 무형의 저녁 종소리와 바람 소리마저 생태 사슬에 놓고 그들과도 생명의 숨결을 주고받는 것이다.

5. "나는 땅끝 시인이다"고 외치는 노래

그는 그렇게 고향의 그 모든 존재들과 함께 나는 땅끝 시인이라고 당당하게 말한다. "천 리나 먼 길/서울의 불빛 그리워한 적 없는/나는 땅끝 시인/마음도 몸도 중심을 버린 지 오래/오로지 오지에서 피고 지는 저 들꽃들과/스스로 제 이름을 부르며 우는 텃새들/골목마다 푸른 바람을 거느린 대나무숲과/한겨울에도 눈 속에 붉은 동백꽃들이 나의 오랜 벗이네"(「나는 땅끝 시인」)라고 술회한다. "그래도 때로 마음이 사무치는 날이면/갈두나 사구미 어느 주점에 앉아/…/육자배기 가락으로 우는 파도 소리에 기대어/매생이 국물같이 정 깊 은 사람들과 소주잔을 비우"거나 "달 밝은 밤이나 눈 내리는 저녁이면/이동주, 박성룡, 김남 주, 고정희, 김준태, 황지우…" 시인들의 시를 읊조린다. 모두 해남이 낳은 기라성 같은 시 인들인데, 하지만 그들은 모두 도회로 가서 '빵빵하게' 산 시인들이다. 그러한 '땅끝 시인'은 때로 우리에게 해남에 오라고 청유한다. 땅끝이나 최변방이 아니라 그에게는 늘 우주의 중 심이 되는 해남에 오라고 청유한다. 단 해남에 올 때는 몇 가지 조건을 이행해야 한다.

그대 땅끝에 오시려거든
일상의 남루 죄다 벗어버리고
빈 몸 빈 마음으로 오시게나
행여 시간에 쫓기더라도 지름길일랑 찾지 말고
그저 서해로 기우는 저문 해를 이정표 삼아
산다랑치 논에 소를 몰 듯 그렇게 고삐를 늦추고 오시게나
갓길에 핀 쑥부쟁이 구절초 원추리 개미취 같은
들꽃들의 이름을 불러내 수인사라도 나누게나

– 「그대 땅끝에 오시려거든」 부분

김경윤이 해남 초대의 조건으로 내세운 것은 자본과 과학기술과 이성 만능으로 괴물이 되어가는 현대 인간을 비우고 '싸목싸목' 오라는 것이다. 2014년 『옥스퍼드 영어사전』에 '인 류세人類世, anthropocene'라는 말이 등재된다. "인간의 활동이 기후와 환경에 지배적인 영 향을 미쳤다고 간주되는 현재의 지질학적 시대"라는 정의와 함께다. 오랜 시간에 걸쳐 조 금씩 변하는 지구의 역사 중, 일만 년 전에 시작된 홀로세에 번성하기 시작해 지배적인 생 물종의 위치에 오른 인류가 최근 불과 몇백 년 만에 지구의 미래에 급격하고 심각한 영향을

주고 있다는 것이다.

대표적으로 올해의 폭염 같은 지구온난화를 비롯한 대기 오염, 산성비, 농약과 공장 폐수 등으로 인한 각종 환경 위기가 생물권, 암석권, 대기권, 수권, 인류권 등 자연과 인간 전반에 닥치고 있어 이미 대재앙, 대멸종을 경고하고 있는 학자도 있다. 인류세의 시작 시점을 서구역사 중 16~18세기 후반에 걸친 자본주의 생산양식의 출현, 과학혁명과 이성의 시대 도래, 대대적인 산업혁명 등과 이를 통한 인간중심적인 사고의 증대에 있다고 보기에, 인류세를 '자본세'라고 부르기도 한다.

"이것이 있으므로 저것이 있고/이것이 생기므로 저것이 생긴다" 불교의 연기법은 온 우주 운행의 절대적 진리다. 산업혁명이 일어나니 자연약탈이 생기고, 신에게서 해방된 인간은 상스러운 자본에 굴복했고, 원자력을 생산한 과학기술은 핵전쟁이 날까 봐 노심초사다. 탐욕 때문에 선을 악으로 연기시키는 묘한 생물종이 인간종이다.

그렇다면 김경윤이 해남에 오려거든 빈 몸 빈 마음으로 '싸목싸목' 오는 길에 혹여 화산 그 어름 물 맑은 둠벙에선 길 잃은 해오라기와 봄에 떠난 청둥오리 가족의 안부도 챙기고, 마음이 몸보다 먼저 달마산 기슭에 이르거든 거기 잠시 가부좌하고 참선도 해 보고, 엄남포나 중리 어름에선 조개잡이 한창인 사람들도 돌아보라고 하며, 가슴에 안고 온 세월의 옹이나 마음의 상처쯤은 평생 외로움에 지친 장구도나 어룡도에게 쉽사리 내비치지도 말 것이며, 마침내 땅끝, 사자봉에 올라서서야 비로소 앞 단추 두어 개쯤 풀어놓고 그리운 이의 이름을 목 놓아 불러 보라는 것, 그것은 오늘날 자본과 정보에 찌들어 사는 우리 인간의 본래성을 회복해야 한다는 이야기에 다름 아니다. 이성과 합리성이라는 이름으로 김경윤 같은 '오래된 미래'의 한 생활방식을 사라져야 할 유물로 간주하는 현대 속도 문명인에게 통렬한 일갈을 놓는 풍자이기도 하다.

©박홍남. 달마산

달마산 편지
— 미황사 시편 8

저물면서 빛나는 바다의 잔광殘光들이
흩날리는 꽃비처럼 아름다운 저녁입니다
지는 해가 소꼬리처럼 황금빛을 숨기는 동안
나는 먼 길 걷고 산 넘어 산문에 들었습니다
어스름 번지는 서녘 하늘에 이윽고 눈을 뜬 별빛들은
길고 긴 번뇌의 밤을 뒤척이겠지요
삶의 들끓는 바다, 그 바다 너머
가없이 넓고 깊은 생명의 고향
저 까마득한 화엄의 바다에서
뭍으로 뭍으로 달려와
피안의 경계, 이 땅끝에서
하얗게 하얗게 쓰러지는 저 파도 소리는
또 누구의 범패 소리인가요?

번뇌의 억센 동아줄에 묶여 뒤척이는 거룻배 같은
인연의 그물망 속에서 퍼덕이는 물고기 같은
우리들의 생, 그 고뇌의 바다에서
다시 화엄의 바다로 가는 길,
저마다 마음속에 소 한 마리씩 끌고
달마를 찾아갑니다
달마를 찾아가는 길 위에서
그대의 눈동자에 떠도는 잠
그대의 입술에 떠도는 미소
그대의 손발에서 피어나는
곱고 부드러운 꽃잎 같은 느낌들을
나는 평화라고 부르겠습니다

©고근령, 미황사 괘불재

언제 따라왔는지
그 평화로운 길 위에 동행한 게 거북이 숭어 같은
물고기들도 능청을 부리며
대웅전 주춧돌 위에서 앉아
그대의 황홀한 노랫소릴 듣습니다
무궁한 하늘은 머리 위에서 별빛을 뿌리고
지상의 나무들은 붉은 손을 들어 춤을 춥니다
저 넓고 깊은 바다를 건너고
멀고 긴 시간의 너울을 넘어
마음의 포구에 닻을 내린 그대여

©박홍남. 땅끝 노을

아름다움은 마음의 눈으로 보아야 하고
서방西方에 들려면 떨어지는 둥근 해를 보라고 하셨지요
연꽃처럼 환한 등불을 매단 마당에는
전설처럼 아름다운 소 울음소리 가득하고
하늘에 꽃같이 피어난 별빛 달빛들이
인연의 바다에 흩날리는 꽃비처럼 아름다운 어 저녁
아집을 벗지 못한 나는
달팽이처럼 오체투지로 그대에게로 갑니다
색도 없고 모양도 없고 형상도 없는
나의 님이여

세 개의 눈으로 보는 땅끝 해남

그대 땅끝에 오시려거든

초판1쇄 찍은 날 | 2024년 10월 10일
초판1쇄 펴낸 날 | 2024년 10월 16일

시 | 김경윤
사진 | 고금렬, 김충수, 민경, 박흥남
펴낸이 | 송광룡
펴낸곳 | 문학들
등록 | 2005년 8월 24일 제2005 1-2호
주소 | 61489 광주광역시 동구 천변우로 487(학동) 2층
전화 | 062-651-6968
팩스 | 062-651-9690
전자우편 | munhakdle@daum.net
블로그 | blog.naver.com/munhakdlesimmian

ISBN 979-11-989410-2-2 03810

• 잘못된 책은 바꿔드립니다.
• 이 책 내용의 전부 또는 일부를 재사용하려면
  반드시 저작권자와 문학들의 동의를 받아야 합니다.
• 책값은 뒤표지에 표시되어 있습니다.
• 이 책은 2024년 전라남도 해남군 문화예술진흥기금 사업의
  지원을 받아 제작되었습니다.